DIE KRÖNUNG DER ANHÖHE

Erzählung

Peter Heinl

DIE KRÖNUNG DER ANHÖHE

Erzählung

THINKAEON

ISBN 978-1-9998339-2-3

www.thinkclinic.com

drpheinl@btinternet.com

Twitter: @DrPeterHeinl und @Thinkclinic

Facebook: peter.thinkclinic und thinkclinic

LinkedIn: Peter Heinl

Xing: Peter Heinl

Gestaltung und Umsetzung: uwe kohlhammer

Umschlagabbildung: Peter Heinl

Sophia und Matheus,

wachen, fantasievollen Begleiter/innen

auf dem Lebensweg in Dankbarkeit gewidmet

Alles Vergängliche ist nur ein Gleichnis

Johann Wolfgang von Goethe

INHALT

I

Es war schon Abend geworden, als ich auf der Anhöhe

ankam. Seit dem Morgen war ich unterwegs gewesen und

seitdem keinem Menschen mehr begegnet. Meist lief ich

durch Wald an hoch aufragenden Baumstämmen vorbei.

Hin und wieder hatte mein Weg über Lichtungen geführt,

wo sich der Blick über andere Hügel und weitere Waldge-

biete öffnete. Auch die Ausschnitte des Himmels, die ich

dann sah, wurden größer. Statt Wolkenteilen sah ich Wolken

in ihrer Fülle ruhig und auf einem stetigen Kurs dahinziehen.

Sie brauchten sich nicht zu beeilen. Sie wussten, sie würden

einer langen Reise entgegensehen.

So war ich den ganzen Tag über gelaufen. Mein Schritt war gleichmäßig gewesen. Führte der Weg bergan, verlangsamte ich mein Schritttempo nicht. Führte er bergab, ging ich, obwohl es verlockend gewesen wäre, dennoch nicht schneller.

Hin und wieder hielt ich inne, um einen Schluck Wasser zu mir zu nehmen. Dreimal hatte ich während kurzer Pausen auch gegessen, denn ich hatte mir Proviant mitgenommen. Manchmal blieb ich an einer Weggabelung stehen, um mir die Landkarte anzusehen.

Es hatte keine zwingende Notwendigkeit bestanden, auf die Anhöhe zu wandern, auf der ich nun stand. Ich hätte ebenso gut zu einer anderen Anhöhe wandern können. Es war wohl Zufall, dass ich diese Anhöhe als Ziel ausgewählt hatte. Es mag sein, dass ich mir den Blick von dieser Anhöhe auf die umliegenden Höhenzüge als besonders reizvoll vorgestellt hatte. Aber ich kann nicht ausschließen, dass es noch weitaus spektakulärere Anhöhen gab.

Das Maß der Besonderheit des Ausblicks mag jedoch letztlich keine entscheidende Rolle gespielt haben, da ich ohnehin nicht ewig auf der Anhöhe würde verweilen können und der Ausblick nicht festzuhalten sein würde. So entlastete mich die Entscheidung für die gewählte Anhöhe von der Verpflichtung, während des Wegs allzu viel an die Anhöhe denken zu müssen. Und dies war gut so.

II

Vielleicht hätte ich alles, was mir im Einzelnen auf meinem Weg durch den Kopf gegangen war, beschreiben können. Dann hätte ich mich viel öfter als es mir lieb war, hinsetzen müssen, um die Gedanken zu Papier zu bringen. Dies hätte jedoch die Geschwindigkeit meines Fortkommens erheblich beeinträchtigt. Statt einer Tageswanderung wäre ich Wochen oder gar Monate unterwegs gewesen und vielleicht nie an meinem erklärten Ziel angekommen.

Was hätte ich tun können, wäre mir der Vorrat an Papier ausgegangen? Noch Unangenehmeres hätte eintreten können, wenn mir die Gedanken verloren gegangen wären. So war es wohl sinnvoll, die Wanderung nicht zu häufig und zu lang zu unterbrechen und bald wieder weiterzugehen, sodass auch die Schwingungen der Bewegungen immer wieder neue Gedanken erzeugen konnten.

Hätte überhaupt wer Interesse an meinen Gedanken gehabt? Gewiss ich selbst, da ich sie sonst nicht gedacht hätte, obgleich sich die Dinge so verhielten, dass ich nicht durchgehend entscheiden konnte, ob ich diese oder jene Gedanken haben wollte. Obwohl ich nicht ohne jeden Einfluss auf meine Gedanken war, war mein Einfluss nicht so ausgeprägt, dass er in jedem Fall entscheidend gewesen wäre.

Ich erinnere mich, dass mir, als ich eine Wolke am Himmel sah, der Gedanke kam, die Wolke ähnelte einem Schloss. Dieser Gedanke war so schnell aufgetaucht, dass ich ihn gar nicht hatte verhindern können. Ich hatte ihn auch, nachdem er gekommen war, nicht aus meinem Kopf schieben können.

Dass mir dieser Gedanke gegenwärtig geblieben war, bewies

seine Hartnäckigkeit, bei mir bleiben zu wollen.

Wer hätte sonst Interesse an meinen Gedanken gehabt?

Freunde? Bekannte? Neugierige, die durch das Schlüssel-

loch des Geschriebenen hinter die Tür meiner Gedankenwelt

sehen wollten? Oder Nachfahren, die sich eine Vorstellung

davon verschaffen wollten, welche Gedanken im Kopf eines

Mittelgebirgswanderers der zweiten Hälfte des zwanzigsten

Jahrhunderts kreisten, in der Hoffnung, tiefere Rückschlüsse

und Einsichten über den Wanderer gewinnen zu können?

Vielleicht versprachen sie sich Einblicke in dessen see-

lische Befindlichkeit und inneren Bewusstseinsräume. War

dieser Wanderer ein Kind seiner Zeit? War er ein eigen-

sinniger Mensch oder gar ein Eigenbrötler? Ließ er nur die

vielfachen Erscheinungen der Natur auf sich wirken oder

gab es Gedanken, die sich auch anderen Bereichen seiner

Existenz zuwandten? War dieser Wanderer nur mit sich und dem, was er sah, beschäftigt oder tauchten im Rhythmus der gleichförmigen Schritte auch Gedanken über die Dinge auf, die über oder hinter dem Gesehenen liegen? Vielleicht auch Mutmaßungen oder Ahnungen, die die in Nebel gehüllten Täler der Erkenntnis durchdringen?

Es würde merkwürdig sein, einem Leser gegenüberzusitzen, der in hundert oder vielleicht zweihundert Jahren solche Aufzeichnungen studieren würde. Das Papier würde schon vergilbt und die Schrift wohl aus der Mode gekommen sein. Die Sprache würde sich gewandelt haben und vielleicht durch eine Fremdsprache ersetzt worden sein. Auch bei der Beibehaltung der Sprache würde ihr im Lauf der Zeit veränderter Charakter eine Fremdartigkeit ausstrahlen.

Doch würde es auch eine Kontinuität geben müssen. Denn der Wanderer, der der Anhöhe entgegengegangen war,

war auch ein Mensch gewesen, wenn auch ein Mensch mit einem in einer anderen Zeit verankerten Bewusstsein.

Nur schade, dass der Wanderer dann schon lang dem Reich der Toten angehören würde.

III

Doch jetzt lebte ich noch. Denn ich wanderte. Und da ich wanderte und nicht sitzen geblieben war, um alle meine Gedanken aufzuschreiben, blieb mir nichts anderes übrig, als zu versuchen, sie im Gedächtnis zu behalten. Da es sich nicht um sonderlich bedeutsame Gedanken handelte, würden vermutlich nur die Gedanken übrig bleiben, die eben übrig blieben. So wie am Strand manche Muscheln angeschwemmt und andere von den sich zurückziehenden Wellen wieder in die Tiefe gerissen werden, wozu auch kostbare Muscheln zählen.

Es war nun einmal so. Ich würde nicht alles, was ich erlebte, im Gedächtnis behalten können. Wie hätte ich für neue, auf mich einwirkende Eindrücke offen sein können, derer es so viele gab wie die fantasievollen Formen der Wolken, das zarte Licht auf den Lichtungen, die zahllosen Schattierungen von Grün auf Nadel- oder Laubbäumen und hier und dort die eingestreuten Farbflecke wilder Blumen. Auch bunte Schmetterlinge tauchten gelegentlich auf, wie ein Farbmosaik vor den Augen tanzend, bis sie wieder entschwanden.

Es waren keine überwältigenden Eindrücke. Sie waren jedoch wirklich und durch Töne und Geräusche bereichert. Das sachte Rauschen von Blättern, durch die sanft der Wind strich, der Lockruf eines fernen Vogels, das ziehende Geräusch von Ästen, die aneinander rieben.

Es war eine Tonkulisse, die keine Außergewöhnlichkeiten aufwies, aber deren Präsenz wohltuend war. Sie stellte keine großen Ansprüche, erklärt oder beschrieben zu werden.

Aber sie war beruhigend und ergänzte die Vielfalt der sichtbaren Erscheinungsformen, die das Auge wahrnahm.

Es war das Bild des Waldes für die Augen und der Klang des Waldes für die Ohren. Die Wolken boten sich nur den Augen dar, während sie lautlos an den Ohren vorüberzogen. Der Falter schwebte in seiner schillernden Grazie vor den Augen, auf- und niedertanzend. Die Ohren vermochten nur ein sehr sachtes, leises, anmutig flatterndes Geräusch auszumachen, das näher kam und sich dann wieder in eine Stille zurückzog.

IV

Der Entschluss zu der Wanderung war mir spontan gekommen. Das Bedürfnis, mich für einige Tage aus den Beanspruchungen des Lebens in der Stadt zu lösen, mag eine Rolle gespielt haben. Vielleicht schwang auch ein plötzlich aufkommendes Bedürfnis nach unbegrenzt weitem, ungehindertem Schauen mit.

Vielleicht war es vor allem der Wunsch, den Körper und die Gedanken über menschenleere Wege ziehen zu lassen, ohne dem Zwang unterworfen zu sein, ein bestimmtes Ziel anstreben zu müssen. Eine Art Neugier, gleichsam in die Rolle eines Astes zu schlüpfen, der, in einen Fluss gefallen, nun von der Strömung davongetragen wird. Was nützte es,

würde der Ast sagen, wollte er ein bestimmtes Ziel erreichen?

Die Reisesachen waren schnell gepackt. Ich entschied

mich für einen Rucksack. Er war zwar alt, aber das störte

mich nicht. Sobald ich die Stadt verlassen hatte, würde man

mich ohnehin nicht kennen. Für die ersten beiden Tage nahm

ich mir Proviant mit. Das enthob mich der Notwendigkeit,

schon am ersten Tag nach Ansiedlungen mit einem Laden

Ausschau zu halten. Eine ausreichende Menge Wasser nahm

ich ebenfalls mit, da es mir unwahrscheinlich schien, wäh-

rend der Wanderung auf Quellwasser zu stoßen.

Auch eine doppelte Garnitur an Kleidung packte ich ein

für den Fall, vom Regen überrascht zu werden. Ein Taschen-

messer steckte ich in die Hosentasche. Einen Kompass nahm

ich darüber hinaus mit, weniger aus Gründen der Notwen-

digkeit als um das Gefühl der Freiheit und Unabhängigkeit

von vorgegebenen Wegen zu erleben. Zudem steckte ich eine Landkarte ein und Geld für einige Tage.

Ich überlegte mir, ob ich allein losziehen sollte. Während des spontanen Einfalls der Wanderung war mir nicht der Gedanke an eine Begleitung gekommen. Erst als ich den Rucksack zuschnürte, sinnierte ich, ob es nicht doch schön wäre, nicht ganz allein loszugehen. Würdest du dich nicht einsam fühlen, dachte ich mir. Und wiederum die Frage, ob es nicht schöner wäre, zu zweit loszugehen?

Aber dann empfand ich ein Zögern, ein innerliches Zittern wie das der Luft in der Hitze eines Sommertags, als könne es mir aus einem noch nicht fassbaren Grund zu anstrengend sein, zu zweit loszugehen, obwohl ich zuversichtlich sein konnte, in meinem Bekanntenkreis eine interessierte Person zu finden.

Aber in welche Richtung könnte ich dann gezogen oder an welches Ziel getrieben werden? Näher an mich heran oder weiter von mir entfernt? Näher an den begleitenden Menschen oder weiter entfernt? Ich wusste es nicht, aber dies würde unter Umständen die Erfahrung und das Empfinden des Dahintreibens einschränken.

So entschied ich mich, allein loszuziehen, selbst wenn ich ein leises Zittern wahrnahm, was jedoch nicht das Treiben einschränken würde. Es sei denn, ich würde es selbst unterbinden.

Am Nachmittag ging ich zum Bahnhof. Drei Stunden später stieg ich an einem Provinzbahnhof aus. Man hatte sich Mühe gegeben, durch einen Anstrich dem Gebäude ein modernes Aussehen zu geben. Unweit des Bahnhofs fand ich ein Quartier. Es würde ruhig sein, da wohl nachts keine Züge verkehrten, was sich als richtig herausstellen sollte. Am

Abend aß ich noch eine Kleinigkeit. Dann zog ich mich auf mein Zimmer zurück. Da ich mit Absicht keine Lektüre eingesteckt hatte, lag ich noch einige Zeit wach im Bett.

Die Geräusche waren anders als in der Stadt. Ich hörte Schritte und Stimmen von Menschen und einige Katzen und Hunde. Hin und wieder vernahm ich das Geräusch eines Autos, das ich dann lang verfolgen konnte, länger als in der Stadt. Manchmal leuchteten die Scheinwerferkegel auch in mein Zimmer und schienen mit ihrem Schattenspiel das Zimmer in Bewegung zu versetzen, obwohl ich wusste, dass das Zimmer unverrückt und reglos blieb.

Die Stadt und mein Leben in der Stadt lagen hinter mir. Vor mir lag der Aufbruch zu der Wanderung.

Jetzt lag ich im Bett. Mein Körper war ausgestreckt und, während sich meine körperliche Wirklichkeit sacht zurückzog, schlief ich ein.

V

Als ich am nächsten Morgen aufwachte, wusste ich für einen Augenblick nicht, wo ich mich befand. Noch bevor ich die Augen geöffnet hatte, merkte ich an der Ruhe, aus der nur hin und wieder Stimmen und Schritte hervorstachen, dass ich nicht in der Stadt sein konnte.

Es schien, als schwebte ich über den Wolken und sähe nur einzelne, weiße Bergspitzen, die sich durch die Wolkendecke reckten. Aber dann kam mir die Erinnerung, dass ich gestern die Stadt verlassen hatte, um zu einer Wanderung aufzubrechen, und dass ich mich am Abend in einer Herberge einquartiert hatte, deren Umrisse mir nur noch schemenhaft in Erinnerung waren.

Als ich die Augen öffnete, fiel mein Blick auf den Fensterrahmen und auf das in das Zimmer fallende Licht. Das Licht war klarer und wärmer als in der Stadt. Es füllte den Raum mit einer reglosen Stille und doch kam mir der Gedanke, dass es sich bei der Reglosigkeit um eine Illusion handeln musste. Denn die Erde würde sich unaufhaltsam unter meinem Bett fortbewegen.

Dann stand ich auf. Ich überlegte, ob ich mich rasieren sollte. Bald merkte ich jedoch, dass ich meinen Rasierapparat vergessen hatte. Die Mühe, mir eine Krawatte umzubinden, brauchte ich mir nicht zu machen. Niemand würde Anstoß daran nehmen, wenn ich die gleichen Socken anziehen würde wie gestern. Ich hob meinen Rucksack auf, sah mich noch einmal in dem Zimmer um, das mich in der vergangenen Nacht beherbergt hatte, und ging im Treppenhaus, das nach abgetretenem Teppich roch, in das Erdgeschoss, um das Frühstück einzunehmen.

Eine Zeitung war nicht aufzutreiben, sodass mir meine Frühstückswelt eingeschränkter als sonst erschien. Es war, als enge sie sich auf einen kleinen Tisch mit einer Kaffeekanne, einigen Scheiben Brot, Butter und Marmelade ein. Eine freundliche Bedienung unterbrach nur kurz die Monotonie der Einnahme meines Frühstücks.

Ich hatte den Eindruck, als sei ich der einzige Gast. Vielleicht waren andere Gäste schon früher als ich aufgestanden und abgereist oder vielleicht gab es Gäste, die noch schliefen. Wäre es doch unterhaltsamer gewesen, nicht allein zu der Wanderung aufzubrechen? Denn jetzt stand ich nur mir selbst zur Unterhaltung zur Verfügung und ich war es, der noch immer am Frühstückstisch saß und gerade eine dritte und vermutlich letzte Scheibe Marmeladenbrot bestrich.

Vielleicht solltest du noch eine Extrascheibe Brot mit auf den Weg nehmen? Ich verwarf diesen Gedanken, da ich ohnehin eine ausreichende Menge Brot für die Wanderung

mitgenommen hatte. Das Brot, das ich eingepackt hatte,

würde sonst nur schlecht werden. Ich kam zu dem Schluss,

mit dieser Überlegung recht zu haben.

Wo wirst du heute hingehen? Ich entschloss mich, mir

darüber jetzt nicht den Kopf zu zerbrechen. Zuerst müsste

ich bezahlen und danach einfach losgehen. Ich war gestern

hier angekommen und hatte ohne Vorplanung dieses Quar-

tier gefunden. Es würde schon irgendwie weitergehen.

Heute Abend hier nochmals übernachten wollte ich nicht.

Nicht, dass ich Ernsthaftes an dem Quartier auszusetzen

gehabt hätte. Es war alles in Ordnung gewesen und ich hätte

keinen wirklichen Grund zur Klage gehabt.

Es hätte mich jedoch um den Reiz des Unvorhergesehe-

nen gebracht, hätte ich mich auch für heute Abend für eine

zweite Nacht in dieser Herberge einquartiert. Die Ziellosigkeit lockte mich, auch wenn ich allein war und die Route meiner Wanderung mit niemandem besprechen konnte. Vielleicht bist du wie ein Segel unter den Sternen, dachte ich mir und hatte dann schon das Portemonnaie aus der Tasche gezogen, um für meine Übernachtung einschließlich des Frühstücks zu bezahlen.

Die Bedienung wünschte mir noch eine schöne Wanderung und ich ihr einen angenehmen Tag, der wohl nur mit Routinearbeiten angefüllt sein würde. Dann stand ich an der Haustür der Herberge. Einen Augenblick zögerte ich noch. Wohin und in welche Richtung sollte ich gehen?

Ich entschied mich, mich nach dem Licht zu richten. Um nicht geblendet zu werden, schlug ich die Richtung nach Westen ein, sodass ich am Abend dem Sonnenuntergang entgegengehen würde, was ein schöner Tagesabschluss wäre. Vielleicht war dieser Gedanke in ein solch zartes Licht getaucht, dass ich ihn nur als eine schimmernde Hülle und gar nicht als eine Sequenz von Worten und gedanklichen Verknüpfungen wahrnahm.

Das Leben in der dörflichen Gemeinde wirkte viel gemächlicher als in der Stadt, obwohl es Anzeichen von Geschäftigkeit gab. Manche Gesichter und Körper schienen mehr von der Arbeit auf dem offenen Feld gezeichnet als in der Stadt. Auch der Stil der Häuser wies allerlei Verwurzelungen in alten, dörflichen Bautraditionen auf.

Ich ging die Straße entlang, ohne zu wissen, welchem Ziel ich entgegenging. Der Zustand des Nichtwissens schien meine Gedanken mehr, als ich es erwartet hätte, zu beschäftigen. Die Ablenkung durch Menschen, Häuser, Autos, landwirtschaftliche Maschinen und die Insignien moderner Technologien, die auch bis hierher punktuell vorgedrungen waren, würde bald abnehmen. Denn bald würde ich die Dorfgrenze hinter mir lassen und mich auf nicht mehr befahrbare Wege einlassen. Dann würde ich mich noch spürbarer im Zustand des Alleinseins befinden, als ich es ohnehin war.

Dennoch ging ich weiter. An eine Umkehr, obwohl sie durchaus im Bereich des Möglichen gelegen hätte, war nicht mehr zu denken.

VI

Inzwischen war ich schon eine Weile gegangen. Mein Blick war nach vorn gerichtet. In meinem Rücken spürte ich die Wärme des Lichts, das rechts und links an mir vorbeiglitt und mit fortschreitender Zeit langsam, aber doch wahrnehmbar den Kontrast zum Schatten verstärkte.

Am Dorfende war mir noch ein Bauer entgegengekommen. Er war wohl sehr viel früher aufgestanden als ich und schon auf dem Weg zurück nach Hause zu seinem zweiten Frühstück. Anders als ich hatte er ein klares Ziel. Denn mein Ziel war unbestimmt und mein Weg nur dadurch bestimmt, dass ich ihm in westlicher Richtung folgte.

Der Bauer grüßte mich freundlich. Auf seinem Gesicht war keine Spur von Missmut zu sehen, dass er arbeiten musste, während ich nur zum Vergnügen unterwegs war.

Er hätte gewiss keine Einwände gehabt, wenn ich ihn unter einem Vorwand – beispielsweise, wie sich das Wetter heute entwickeln würde – in ein Gespräch verwickelt hätte. Aber ich überließ auch diesbezüglich der Unbestimmtheit den Vorrang statt mich zu sehr auf Festlegungen zu verlassen. So grüßte ich ihn freundlich zurück und ging weiter.

Später, als der Weg nach einem längeren Anstieg in ein Waldstück tauchte, hielt ich noch einmal kurz inne, um einen Blick zurück über das Dorf zu werfen, dessen Konturen sich nun, viel kleiner geworden, in der Ferne und weit unterhalb von mir abzeichneten.

Ich wusste, dass es die richtige Entscheidung gewesen war, nicht mehr am Abend in dieses Dorf zurückzukehren, obgleich es bequemer gewesen wäre. Denn wer zieht nicht

das auch nur geringfügig Vertraute dem völlig Fremden vor?

Aber ich wusste, dass meine Entscheidung, die ich auch jetzt

noch hätte widerrufen können, so unverrückbar war, als

gäbe es keine Alternative.

Dies bedeutete auch, dass ich das Dorf, in dem ich eine

Nacht meines Lebens verbracht hatte, wohl nicht mehr wie-

dersehen würde, auch wenn mich eine logische Betrach-

tung zu der Auffassung führen würde, dass ich es bei einer

zukünftigen Wanderung erneut würde aufsuchen können.

Nichts würde mich an einem solchen Vorhaben hindern.

Dennoch verhielten sich für mich auch diesbezüglich die

Dinge so, als sei eine solche Erwägung nicht Bestandteil der

Wirklichkeit. Der Gedanke, dass ich dieses Dorf nie mehr

wiedersehen würde, stand mir mit der gleichen Gewissheit

vor Augen, wie mir das Dorf nun, und zwar noch für einen

Augenblick, zu Füßen lag.

Für einen kurzen Moment verwunderte mich diese Gewissheit. Aber dann drehte ich mich um und ging weiter auf dem Weg, der begann, zu meinem Weg zu werden.

VII

Inzwischen hatte ich schon eine längere Wegstrecke zurückgelegt. Links und rechts des Wegs ragten hohe Tannen. Gelegentlich fanden sich Rotbuchen, deren Blätter im Licht in einer Zartheit schimmerten, als seien sie transparent. Ansonsten hatte ich an nichts Bestimmtes gedacht. Zu diesem Zeitpunkt hatte ich mich auch noch nicht für die Anhöhe entschieden, auf der ich am Abend stehen sollte.

Ich war einfach gegangen. Links des Wegs lagen frisch gefällte Baumstämme. Obwohl sie gefällt und ihrer Äste beraubt waren, haftete ihren riesigen Leibern noch eine eigenartige Macht an. Sie waren tot und doch war es so, als könnten sie vielleicht noch einmal aufspringen, um ihre Kraft zu zeigen, bevor sie sich dem unwiderruflichen Spruch ihres Schicksals fügten. Gewiss wären sie noch in der Lage, einen Menschen zu erschlagen, wenn sie ins Rollen kämen. Es war daher ratsam, in respektvoller Distanz an ihnen vorbeizugehen. Ich tat es und so widerfuhr mir nichts.

Der Geruch von kräftigem Harz begleitete mich noch eine Weile und dann fiel mir ein, dass ich in der gestrigen Nacht geträumt hatte. Wäre ich heute zur Arbeit gegangen, so wäre die Erinnerung an einen Traum wohl unter einem Berg an Papier begraben worden. Aber jetzt, in der Zwanglosigkeit des Dahingehens, kam mir der Traum wieder in den Sinn.

Ich weiß nicht, wann ich das letzte Mal geträumt hatte. Ich könnte auch nicht sagen, was der Traum der letzten Nacht bedeutete. Es spielte keine große Rolle und ich würde den Traum der letzten Nacht auch mit niemandem besprechen können. Es hatte sich nun einmal so gefügt, dass ich geträumt hatte, und dies war mir jetzt wieder ins Bewusstsein gekommen. Den genauen Anfang des Traums vermochte ich nicht mehr zu rekonstruieren. Aber dann wurde das Geschehen des Traums deutlicher.

Auch im Traum wanderte ich durch eine Mittelgebirgslandschaft, ohne jedoch sagen zu können, um welche es sich gehandelt hatte. Offensichtlich kam der exakten Geografie im Traum keine allzu große Bedeutung zu. Ich hätte auch weit im Norden des Kontinents oder auf einem anderen Kontinent wandern können.

Im Traum war ich lang gegangen, ohne zu sagen zu vermögen, wie lang ich gegangen war. Auch die Dimension der Zeitdauer schien von nicht allzu großer Bedeutung. Es hätte wohl kaum einen Unterschied gemacht, ob ich Stunden, Tage, Monate, Jahre oder selbst ein ganzes Leben unterwegs gewesen wäre. Zwar verwunderte mich diese Gleichgültigkeit gegenüber der Zeitdauer zunächst, aber dann nahm ich

sie ebenso hin, wie ich die räumliche Unbestimmtheit ange-

nommen hatte.

Dass ich mich in diesem Traum auf einer Wanderung

befand, war vermutlich das Wesentliche. Zudem konnte ich

genau erkennen, dass ich der Wanderer war. Auch im Traum

trug ich einen Rucksack und mein Schritt vollzog sich in

gleichmäßigem Rhythmus.

Vielleicht hätte ich mich an mich, den im Traum Wandern-

den, mit der neugierigen Frage wenden können, ob ich auch

tatsächlich ich war. Auf diese Idee war ich jedoch während

des Traums nicht gekommen. Andererseits kamen mir auch

keinerlei Zweifel, dass es sich bei dem Wanderer im Traum

um mich handelte.

Nach einer längeren Wanderung, wobei ich den Begriff des Längeren nicht mit einer präziseren Definition hätte erfassen können, ging ich auf eine Anhöhe zu, ohne mein Schritttempo zu verlangsamen. Oben auf der Anhöhe angelangt bot sich mir ein Blick über eine weite Mittelgebirgslandschaft. Ich sah über sanft geschwungene Hügel, deren farbliche Nuancierungen sich zwischem hellem bis dunklerem Grün bewegten. An manchen Stellen schimmerten die Hügel jedoch dunkel.

Im Traum sah ich weder Dächer, Häuser noch graue Streifen von Straßen, die sich durch die Landschaft schlängelten. Ich sah auch keine hohen Masten von Überlandleitungen. Es schien, und dies war ein spürbarer Unterschied zu der Wirklichkeit, in der ich mich bewegte, als sei die Landschaft, die im Traum vor mir lag, noch nie von Menschenhand berührt worden.

Ich kann mich nicht erinnern, dass mir diese Empfindung unmittelbar bewusst geworden war. Mich ergriff jedoch beim Blick über diese unberührte Landschaft und der Begegnung mit ihr ein Gefühl des Staunens.

Dann nahm ich in der Ferne ein Leuchten wahr, das sogleich meine Aufmerksamkeit in ihren Bann zog. Für einen Augenblick dachte ich, dass es sich um ein Feuer handeln könne. Es gab jedoch keine Rauchwolke. Als ich näher hinsah, erkannte ich drei Türme, die im Licht leuchteten. Die Türme waren vergoldet und ihr Leuchten war von majestätischem Glanz.

Noch niemals hatte ich solche Türme gesehen. Mich überkam das Gefühl, als handelte es sich um überirdische Türme. Denn wo sollte es solche leuchtend goldenen Türme in einer Mittelgebirgslandschaft geben? Vielleicht war die gesamte Landschaft, die im Traum vor mir lag, von überirdischer Beschaffenheit und Ausdruckskraft, da ich eine solch

wahrhaft traumhaft unberührte Landschaft in Wirklichkeit

noch nie gesehen hatte.

Nachdem ich voll Verwunderung noch einige Zeit in Rich-

tung der goldenen Türme geschaut hatte, erlosch der Traum.

Erst jetzt, während der Wanderung, war mir dieser Traum

wieder in Erinnerung gekommen. Hätte ich ihn einem ande-

ren Menschen erzählt, so weiß ich nicht, ob ich eine Antwort

erhalten hätte. Wie seltsam, dachte ich mir, dass du in einer

bescheidenen Herberge einen solchen im Glanz des Überir-

dischen leuchtenden Traum erlebt hast.

Dann entschloss ich mich, bald eine kleine Rast einzu-

legen, um einen Schluck Wasser zu mir zu nehmen. Ich war

inzwischen durstig geworden.

VIII

Nach einem Schluck Wasser fühlte ich mich wieder frischer. Ich stellte meinen Rucksack auf die Erde und entspannte meinen Rücken. Ich war schon lang keine größeren Strecken gelaufen. Dass ich mich müde fühlte, hätte ich nicht sagen können. In der Tat schien ich nach der ersten Wegstrecke wacher geworden zu sein.

Ich faltete die Landkarte auf und entschied mich nach einer längeren Betrachtung der Karte, die Anhöhe anzusteuern, die ich am Abend auch erreichen sollte. Diese Wahl engte mich nicht ein, auch wenn ein Teil der Unbestimmtheit durch die Entscheidung für ein bestimmtes Ziel verloren gegangen zu sein schien. Aber da mir der Weg noch unbekannt war, blieb der Wunsch nach dem Gefühl des Dahintreibens im Unbestimmten erhalten. Vielleicht bedurfte ich vereinzelt der Markierungen von Bestimmtheit, um im Unbestimmten dahintreiben zu können. Für den Fluss, der dahinzieht, sind es die Linien der Ufer. Für mich waren es die Himmelsrichtung und die Aussicht auf eine Anhöhe, deren Name zwar auf der Karte stand, deren Wirklichkeit aber noch im Nebel des Zukünftigen lag.

Dann faltete ich die Karte wieder zusammen und setzte meinen Weg fort. Bislang war ich gut vorangekommen, auch insofern, als in dem Vorankommen ein tieferer Sinn lag. Die Sonne war merklich höher aufgestiegen und ihr Licht verkürzte den Schatten, der mich begleitete. Dafür war der Schatten dunkler geworden.

IX

Manchmal nahm ich die an mir vorüberziehende Szenerie bewusst und in Einzelheiten wahr. Dann verschwamm sie
wieder zu einem Aquarell, in dem die Farben der einzelnen
Formen dieser Szenerie nicht mehr trennbar waren. Bäume,
der Weg, der Himmel und die Wolken vermischten sich zu
einem Ineinanderfließen von Grün, Braun, Blau und Weiß.

Ein schlanker, brauner Baumstamm verwandelte sich zu
einer Linie in einem fließenden Farbgemälde, das in mich
drang und in der Galerie der Bilder meines Lebens Bilder
früherer Wanderungen weckte.

Gewiss war ich in den letzten Jahren des Öfteren einmal zu einem Spaziergang unterwegs gewesen. Aber mit einem ähnlichen Maß an wacher Bewusstheit, wie es jetzt der Fall war, war ich schon lang nicht mehr zu einer Wanderung aufgebrochen. Es ist merkwürdig, mit welcher Unachtsamkeit du die Zeit hast vergehen lassen, kam es mir in den Sinn, und ich war erstaunt über diesen Gedanken.

Warum war ich nicht schon früher auf die Idee gekommen, ohne lange Umstände den Rucksack zu packen und ziellos zu einer Wanderung aufzubrechen? Ich hatte es früher, in den Jahren des jungen Erwachsenendaseins, doch auch getan. Warum war ich davon in den letzten Jahren so abgekommen? War mein Leben vielleicht in allzu ge- und verplanten Bahnen verlaufen? Hatte ich vielleicht eines Tages das Gefühl für das Flair des Planlosen und Unbestimmten verloren? Ich vermochte mir keine Antwort zu geben.

Aber es machte mich nachdenklich. Wäre jetzt ein anderer Mensch neben mir gegangen, dann hätte ich wohl nichts mehr gesagt, sondern wäre, den Kopf leicht gesenkt, weitergegangen.

„Woran denkst du denn?", wäre ich wohl gefragt worden.

„Ich weiß es selbst nicht", hätte ich geantwortet.

„Ist etwas los?", wäre ich dann vielleicht mit einer gewissen Besorgnis gefragt worden.

„Nein, eigentlich nicht", hätte ich entgegnet.

Aber da ich allein war, spielte es keine Rolle, ob ich über das Nachdenken sprach oder nicht. Es hätte ohnehin keinen Unterschied gemacht, weil ich selbst noch nicht wusste, warum ich plötzlich nachdenklich geworden war.

Ich ging weiter. Der Wind war sehr sacht. Der Weg verlief eine längere Strecke geradeaus. Ich dachte daran, in absehbarer Zeit wieder eine kleine Rast einzulegen. Ich spürte einen Anflug von Traurigkeit.

Aber ich ging einfach weiter.

X

Es war Mittag geworden. Die Sonne stand im Zenit und das Licht zeichnete scharfe Konturen zwischen Hell und Dunkel. Die Wolken schwammen weiß im Blau dahin. Der Wind, der ohnehin sacht gewesen war, schien seinen Atem angehalten zu haben.

Ich war hungrig geworden und setzte mich auf einen Baumstumpf, um ein Stück Brot zu essen. Zwar war das Brot nicht mehr ganz so frisch wie gestern. Aber meinen Hunger störte es nicht. Meine Beine waren noch nicht müde geworden, empfanden jedoch die Rast als angenehm.

Ein Falke kreiste hoch in der Luft. Während ich ihm nachschaute, spürte ich, wie weit ich inzwischen die Stadt und auch mein Leben in der Stadt hinter mir gelassen hatte. Es war erst gestern gewesen, als ich im Bahnhof der Stadt in den Zug eingestiegen war, und doch schien dieses Einsteigen viel weiter in die Vergangenheit gerückt als nur einen Tag. Auch die Herberge, in der ich übernachtet hatte, schien viel weiter in die Ferne entrückt als nur wenige Stunden. Und auch wenn ich an das kleine Dorf dachte, das ich heute früh verlassen hatte, erging es mir nicht anders.

Schon einen halben Tag lang war ich keinem Menschen mehr begegnet. Sicher würde ich spätestens heute abend wieder auf Menschen treffen und doch war es, als würde ich auf einem Strom dahintreiben, der mich meinem Stadtleben immer weiter entfernte. Dennoch beunruhigte mich dies alles nicht, während ich auf dem Baumstumpf saß und immer noch dem Falken nachsah, der mit steter Gelassenheit seine Kreise zog.

Auch ich würde gern einmal so leicht und gedankenlos am Himmel meine Kreise ziehen wollen, und, während ich dies dachte, fühlten sich meine Gedanken leichter an als vorhin, als ich traurig geworden war. Aber ein Hauch von Wehmut war geblieben.

Ich überlegte, ein zweites Stück Brot zu essen, entschied mich dann jedoch dagegen. Es war besser, eine Reserve für später zu haben. Ich faltete das Brotpapier zusammen, steckte es in den Rucksack und verschnürte ihn.

Eine kurze Weile saß ich noch auf dem Baumstumpf. Der Falke hatte sich inzwischen vom Wind forttreiben lassen. Ich stand auf und setzte meinen Weg fort. Ich sagte zu mir: Bald wird dir die Sonne ins Gesicht scheinen, wenn du weiter in

Richtung Westen gehst. Aber das würde mich nicht stören.

Notfalls würde ich die Richtung leicht ändern.

XI

In einer Lichtung, die einen weiten Blick eröffnete, blieb ich stehen. Eigentlich wollte ich weitergehen, aber die Sicht über die sanft geschwungenen Hügel hielt mich fest. Das, was ich sah, unterschied sich nicht allzu sehr von dem Charakter der bisherigen Landschaft, außer dass die Silhouette der Hügel noch tiefer in die Ferne, ja, vielleicht bis jenseits des Horizonts zu reichen schien, wobei es sich bei Letzterem möglicherweise um eine Einbildung meinerseits handelte.

Vielleicht war es nicht nur das Panorama der vor mir liegenden Landschaft, sondern auch die Erinnerung an den Traum der vergangenen Nacht, was mich zum Innehalten bewogen hatte. Das Bild der golden schimmernden Türme stand wieder in seiner intensiven Leuchtkraft und seinem überirdischen Glanz vor mir, ohne dass ich bislang die Bedeutung des Traums zu ermessen vermocht hätte.

Zugleich sah ich über die sanft geschwungenen Rücken der Hügelkette. Ich sah das Dunkel der Wälder, das hier und dort durch die helleren Flecken von Lichtungen und gerodeten Flächen unterbrochen wurde. Das Bild der goldenen Türme war so stark, dass ich vermeinte, die Türme in der vor mir dahinziehenden Landschaft zu sehen, obwohl ich wusste, dass es sie dort nicht geben konnte. Du kannst sie nicht vor dir sehen, sagte ich zu mir, um mir eine Bestätigung zu geben, und doch wusste ich, dass es die goldenen Türme gab und dass ich sie gesehen hatte.

Wer würde es dir glauben, wenn du davon erzählst, ging es mir durch den Sinn. „Hast du ein Foto von den goldenen Türmen gemacht", würde man mich mit einem strengen, prüfenden Blick und einem Kopfschütteln fragen. Was sollte

ich entgegnen?

Die Wahrheit war, dass ich goldene Türme gesehen hatte,

aber die Wahrheit war auch, dass ich es nicht zu beweisen

vermochte. War es denkbar, dass die Wahrheit nicht die

Wahrheit sein konnte?

Ich kann die goldenen Türme doch nicht auslöschen und

ich will es nicht tun. Wenn du jetzt plötzlich tot umfällst,

wird niemals ein Mensch erfahren, dass du eine Nacht vor

deinem Tod goldene Türme im Traum gesehen hast, dachte

ich. Ich würde die goldenen Türme wie ein Geheimnis in

mein Grab nehmen.

Einmal mehr war ich berührt von dem schönen und wun-

dervollen goldenen Glanz der Türme. Noch nie in deinem

Leben hast du einen so fantastischen, ja magischen Traum

erlebt, dachte ich verwundert und ging dann weiter meines Wegs.

XII

Unweit von mir raschelte es im Gehölz. Zunächst konnte ich die Ursache dieses Geräuschs nicht ausmachen. Aber dann sah ich ein Reh, das wohl durch die Schritte eines Wanderers beunruhigt das Weite suchte. Nicht viel später gesellte sich noch ein zweites Reh hinzu. Das Rascheln entfernte sich und dann blieben nur der Gleichklang meiner Schritte und das leise Summen des Waldes im Wind zurück.

Seit Langem hast du kein Reh mehr gesehen. Es müssen Jahre gewesen sein. In der Stadt gab es nur Autos, Hunde und Katzen und natürlich die eine oder andere Vogelart. Aber Rehe hast du in den letzten Jahren keine gesehen. Ich kann nicht sagen, warum mich dieser Gedanke beschäftigte.

War es wirklich so wichtig, ob ich ein oder zwei Rehe gesehen hatte?

Aber dann fiel mir Onkel Maximilian ein, der mir früher – es war schon vor Jahren – Rehe gezeigt hatte. Onkel Maximilian hatte eine Vorliebe für den Wald und seine Bewohner. „Ich habe eine Herzschwäche und eine Schwäche für den Wald", sagte er einmal, als er mich, ich war zehn Jahre alt, zu einer Wanderung durch den Wald mitnahm. Er war so liebenswürdig, mich zu fragen, ob ich Lust hätte mitzukommen. Ich sagte auch ja. Onkel Maximilian holte seinen großen Feldstecher, packte ein paar Kleinigkeiten zum Essen ein und so zogen wir los.

Onkel Maximilian hatte eine leichte Gehbehinderung und hinkte. Er sprach kaum, während wir gingen. Ich hätte auch gar nicht gewusst, woran er dachte. Das Einzige, was er sagte, war, wann ich aufpassen sollte, wie beispielsweise auf einen Ast, der zurückschnellen konnte oder ein Loch im Erdboden, das tückisch vom Laub verdeckt war und in das ich hätte hineinfallen können.

Wenn Onkel Maximilian ein verdächtiges Geräusch hörte, blieb er plötzlich stehen und bedeutete mir mit einer Handbewegung, auch stehenzubleiben. An seiner Körperhaltung sah ich, aus welcher Richtung das Geräusch kam. So habe ich öfter Rehe gesehen. Ich war neugierig, auch einmal ein Wildschwein zu sehen oder einen Wolf oder sogar einen Bären. „Wildschweine, die gibt es schon, mein Junge, aber das ist ein bisschen zu riskant. Ja, und Wölfe und Bären, dafür sind wir beide zu spät auf die Welt gekommen", erklärte er mir einmal auf einer Wanderung.

Einige Jahre später, als Onkel Maximilian schon ernsthaft krank war, sind wir noch einmal in den Wald gegangen. „Was hast du denn besonders gern gemacht, Onkel Maximilian?",

fragte ich ihn ganz unvermutet.

„Ach, mein Junge, am liebsten war ich im Wald", antwortete Onkel Maximilian, und wie immer nannte er mich „mein Junge".

„Und warum?", fragte ich beinahe schon etwas aufdringlich.

„Ach, weißt du, mein Junge", sagte Onkel Maximilian nach einer Pause, „im Wald ist es so friedlich."

Mehr habe ich Onkel Maximilian nicht gefragt. Ich glaube, ich verstand damals nicht so recht, was er meinte. Denn mir war es im Wald ein bisschen zu einsam. Vielleicht hatte ich eine Ahnung davon, was Onkel Maximilian meinte. Später habe ich dann erfahren, dass es Onkel Maximilians Wunsch gewesen war, im Wald begraben zu sein, was wegen der Vorschriften leider nicht möglich war.

Das letzte Mal, als Onkel Maximilian noch außer Hauses gehen konnte, ging er in den Wald und schrieb mir eine kleine Ansichtskarte. Wie immer redete er mich mit „Mein Junge" an.

Was Onkel Maximilian schrieb, habe ich noch genau in Erinnerung.

Mein Junge,

Ich war heute noch einmal im Wald. Dort an der Stelle nicht weit von dem Forsthaus. Du weißt ja, was ich meine. Ich hatte meinen großen Feldstecher dabei und habe drei Rehe gesehen. Ein großes und zwei kleine. Ich habe lang gestanden und sie beobachtet. Sie haben mich nicht bemerkt. Es war sehr schön. Bis zum Abend bin ich im Wald geblieben.

Es war so friedlich. Wenn du noch einmal kommst, gehen wir noch einmal zusammen in den Wald.

Ich grüße dich herzlich

Onkel Maximilian

Wie gern wollte ich noch einmal mit Onkel Maximilian in den Wald gehen. Aber schon eine Woche später war er tot.

Sein Gesicht war ganz friedlich, erzählte mir später Tante Edeltraut.

XIII

Die Sonne hatte den Zenit überschritten und begann nun, mir in das Gesicht zu scheinen. Immer noch strahlte sie kräftiges Licht aus. Dennoch war, wenn auch nur sehr sacht, schon zu spüren, dass das Licht langsam an Kraft verlieren würde.

Der Wind, der in der Hitze des Mittags nahezu reglos geruht hatte, griff wieder spürbarer in die Blätter. Ich hörte es an ihrem Rascheln. Ich hatte mich inzwischen so an das Gehen gewöhnt, dass ich mich hin und wieder dabei ertappte zu gehen, ohne mir dessen bewusst zu sein. Es verwunderte mich, dass meine Beine immer noch keine Anzeichen von Müdigkeit von sich gaben.

Aber ich war wieder durstig geworden und hielt kurz an, um einen Schluck Wasser zu mir zu nehmen. Da ich sorgsam und nicht verschwenderisch gewesen war, war die Trinkflasche noch halb voll. Das Wasser wird wohl noch bis zum Abend reichen, umso mehr als die Lufttemperatur abnehmen würde, dachte ich mir.

Vor dem Weitergehen warf ich noch einen Blick auf die Landkarte. Ich war der Anhöhe, die ich mir als Ziel vorgenommen hatte, nähergekommen. Die Wegstrecke, die ich seit dem Morgen zurückgelegt hatte, nahm sich auf der Karte nur als eine winzige Distanz aus.

Vielleicht hätte ich eine mit einem größeren Maßstab mitnehmen sollen. Dann wäre der Wandererfolg auf ihr sichtbarer gewesen. Ich faltete die Karte wieder zusammen und setzte den Rucksack auf. Nur im Moment des Aufsetzens empfand ich ihn als Last, aber dann war sein Gewicht kaum noch auf meinem Rücken zu spüren. Der Rucksack schien sich in den wenigen Stunden mit meinem Rücken angefreundet zu haben.

Die Konturen des vor mir liegenden Wegs verschwanden bald rechterhand im Wald. Vor mir sah ich einen Haselnussstrauch und eine Ansammlung von Fingerhüten. Der Weg hinter mir verlor sich zwischen Tannen. Die Stadt und das Leben in der Stadt lagen so weit hinter dem Horizont, als lägen sie schon im Reich des Vergessens.

Ich dachte kaum noch an die Stadt. Merkwürdig, dass es auch ein Leben ohne die Stadt gab. Der Wald, die weißen Wolken am Himmel, die sich im Licht der Sonne drehende Erdkugel, der Weg, der mich ins Unbekannte zog, mein Rucksack und meine Schritte, das war jetzt mein Leben.

Als mir dies durch den Kopf ging, war ich so verwun-

dert, dass ich einfach weiterging. Ich war keinem Menschen

mehr begegnet. Vielleicht würde ich auch niemandem mehr

begegnen.

XIV

Schön und eindrucksvoll, wie sich die Wolken am Nachmittagshimmel bilden und wie eine Schafherde langsam im Blau dahintreiben, sagte ich zu mir, so als hätte ich es auch zu jemand anders sagen können. Aber da niemand neben mir ging, blieben die Worte in mir. Ich brauchte nicht stehenzubleiben, um die Wolken zu beobachten. Sie lagen vor mir, das heißt über mir, im Blickfeld. Auch wenn ich auf sie zuging, würde ich sie niemals erreichen und berühren können.

So nah und erreichbar die Wolken auch schienen, so fern

waren sie doch. Ich sagte es mir, als würde ich einem Kind

deutlich machen, dass der Himmel unerreichbar ist. Aber du

bist doch jetzt kein Kind mehr, sagte ich zu mir mit Nach-

druck. Ja, es stimmte, ich war kein Kind mehr.

Zum Beweis holte ich mit meinen langen Beinen zu eini-

gen besonders großen Schritten aus.

XV

Es stimmte, ich hatte mich entschieden, allein loszugehen. Das Zittern bei dem Gedanken, mich nicht allein, sondern zu zweit auf die Wanderung zu begeben, hatte den
Ausschlag gegeben.

Woher das Zittern kam, wusste ich nicht. Obgleich leise
war es doch so spürbar, wie es manchmal das erste Zittern
der Erdrinde vor einem Erdbeben ist. Man sagt, dass Tiere
es früher spüren als Menschen, obwohl es vermutlich auch
Menschen gibt, die es spüren.

Aber warum sollte ich zittern? Ich wusste es nicht. Ich
wusste nur, dass das Zittern den Ausschlag gegeben hatte.

Was hätte denn passieren können, wenn jemand mit mir gegangen wäre? Vermutlich gar nichts. Es wäre vielleicht sogar schöner gewesen. Vier Augen sehen mehr als zwei. Es wäre möglich, sich zu unterhalten. Würde ich stolpern und mir den Fuß verstauchen, würde mir eine hilfreiche Seele zur Seite gestanden haben. Zumindest wäre dies die Hoffnung gewesen. Es wäre also auch sicherer gewesen. Niemand würde wissen, wo man mich notfalls suchen müsste, stieße mir etwas zu.

Doch solche Gedanken mochte ich nicht allzu sehr ausspinnen. Denn was sollte denn schon passieren? Ich ging doch nur durch den Wald und ein Wildschwein würde ausgerechnet jetzt nicht kommen. Notfalls müsste ich halt an einem Baum hochklettern.

Wollte ich nur eine Weile allein sein? Aber warum eigentlich? Denn du bist ohnehin meist allein. Du lebst allein, du arbeitest zwar mit anderen zusammen, aber bist doch in deinen eigenen Gedanken versunken. Vielleicht hast du dich schon so an das Alleinsein gewöhnt, dass das Nichtalleinsein gar nicht mehr so wünschenswert ist? So dachte ich und wusste es nicht.

Warum kam anfangs dieser Gedanke, mich nicht allein auf diese Wanderung zu begeben? Warum kam er jetzt wieder, da ich mich doch klar dafür entschieden hatte, allein loszuziehen? Denn im Grunde war das Thema des Nicht-allein-Gehens abgehandelt, wie man sagt.

Innerlich war ich wie in eine Sackgasse geraten, aber der äußerliche Weg folgte weiter seinem Lauf. Rechterhand sah ich rot leuchtende Punkte im satten Grün des Waldbodens. Es waren Walderdbeeren. Ich unterbrach kurz das Gehen, um sie zu pflücken. Sie waren köstlich. Dieser Geschmack bringt dich auf neue Gedanken, dachte ich mir, als mir die

Walderdbeeren auf der Zunge zergingen.

XVI

„Du bist irgendwie unnahbar", hatte mir Adele früher immer wieder einmal gesagt. Am Anfang, in der ersten Zeit unseres Zusammenlebens, sagte sie es noch mit einer hoffnungsvollen Liebenswürdigkeit. Später jedoch, als sie immer ungeduldiger wurde, klang es bitter. „Du bist wie eine chinesische Mauer. Ich begreife nicht, was hinter dieser Mauer liegt."

Was konnte ich sagen? Wenn Adele es so sah und empfand, was blieb mir zu sagen? Ich konnte es nicht abstreiten. Warum sollte sie lügen? Warum sollte sie es sich einbilden?

Adele stand vor der Mauer und so war es für sie. Ich weiß selbst, wie es ist, vor einer hohen, unüberwindlichen Mauer zu stehen. In der Stadt gibt es eine mächtige Gefängnismauer.

Andererseits vermochte ich nicht wirklich zu verstehen, was Adele meinte, denn ich selbst konnte die Mauer nicht sehen. Offensichtlich ist die Mauer, die Adele sieht, für mich unsichtbar, dachte ich mir. Und wenn die Mauer für mich unsichtbar ist, ist es mir auch nicht möglich, sie niederzureißen.

So war es. Ich hatte keine Vorstellung, was ich tun sollte. Ich konnte nichts machen. Aber immer, wenn Adele von der Mauer und der Unnahbarkeit sprach, spürte ich ein leichtes Zittern. Aber sagen konnte ich nichts.

„Warum sagst du denn nichts?", fragte dann Adele und ihre Stimme klang ungeduldig. Ich entgegnete nur, „Ich weiß nicht, was ich sagen soll." Aber diese Hilflosigkeit brachte Adele nur noch mehr auf. „Wenn du doch nur etwas sagen könntest", sagte sie dann, schon wie verzweifelnd. Aber ich konnte nichts sagen.

Eines Tages musste ich für einige Tage beruflich verreisen. Bei der Rückkehr spürte ich schon beim Hochsteigen im Treppenhaus, dass etwas nicht in Ordnung war. Als ich die Wohnungstür öffnete, empfing mich eine Stille, als sei jemand gestorben.

Ich blieb in der Tür stehen, weil ich für einen Augenblick nicht wusste, ob ich in die Wohnung hineingehen oder wieder fortgehen sollte. Aber dann sagte ich mir, es kann doch gar nichts passiert sein. Es ist doch nur deine Einbildung.

Kaum hatte ich mein Arbeitszimmer betreten, sah ich auf meinem Schreibtisch einen Brief liegen. Auf dem Umschlag erkannte ich sofort Adeles Handschrift. Der Briefumschlag war weiß, aber es war, als umgäbe ihn ein schwarzer Rand. Da wusste ich, dass etwas passiert war. Ich ahnte, was in dem Brief stehen würde.

Ich sah Adele vor mir, als ich mich von ihr vor der Abreise verabschiedet hatte. Das sind viele Jahre her, auch wenn es manchmal wie gestern erscheint. Es schien ein Abschied gewesen zu sein wie andere auch. Aber als ich die Stufen im Treppenhaus hinunterging, drehte ich mich noch einmal um und winkte ihr nach.

Adele stand oben am Treppengeländer und sah mir nach. Ich wollte noch einmal hochgehen, als wollte ich ihr etwas sagen. Aber merkwürdigerweise wusste ich nicht, was ich ihr sagen wollte. Ich spürte nur ein leises Zittern in mir. Ein

Zittern, für das ich keine Worte fand. So ging ich nicht mehr nach oben.

Als ich ins Freie trat, merkte ich, dass auch meine Hände zitterten. Aber dann ging ich weiter.

Das Zittern stieg wieder in mir auf, als ich nun Adeles Brief in den Händen hielt. Ich öffnete den Umschlag und entfaltete den Brief.

Ich las.

Lieber Albrecht,

Ich bin heute gegangen.

Es war sehr schmerzlich. Ja, wirklich sehr schmerzlich. Vielleicht hat es mit mir zu tun. Aber ich kann nicht anders.

Ich möchte dir nah sein. Aber ich sehe immer nur diese Mauer vor mir. Eine große, unüberwindliche Mauer. Ich habe es dir so oft gesagt und sagen wollen.

Aber meine Worte haben die Mauer nicht durchdringen können. Vielleicht machst du etwas falsch, habe ich mich gefragt. Immer wieder habe ich mir Vorwürfe gemacht. Sei nicht so ungeduldig, habe ich mir gesagt. Aber dann ist die Verzweiflung immer größer geworden. Ich kann mich nicht mehr retten. Deswegen muss ich jetzt gehen. Ich kann nicht im Schatten einer Mauer leben.

Ich wünsche dir alles Gute, Albrecht.

Ich meine es wirklich so.

Leb wohl.

Adele

Ich war wie betäubt.

Einige Wochen später wurde ich krank. Während der Krankheit verlor ich das Gefühl für die Zeit. Als ich wieder gesund war und aus dem Krankenhaus kam, waren meine Haare grau.

XVII

Nun beginne ich doch, meine Beine zu spüren. Es ist Nachmittag geworden. Das Licht ist milder und die Schatten sind sanfter. Bald wirst du ein Waldmensch werden. Vielleicht erkennst du auch bald keine Menschen mehr. Es ist tatsächlich schon bald ein ganzer Tag, seitdem du dem letzten Menschen, einem Bauern, der von seinem Feld nach Hause ging, begegnet bist.

Ob du Adele erkennen würdest, wenn sie dir plötzlich über den Weg liefe? Aber dies erscheint so unwahrscheinlich, dass ich diesen Gedanken nicht zu denken brauche. Ich weiß auch nicht, warum ich an sie gedacht habe. Denn ich habe schon seit Längerem nicht an sie gedacht.

Ich muss wohl doch sehr an ihr gehangen haben. Aber sie hat mich wahrscheinlich ohnehin vergessen. Sie hat auch einige Zeit später geheiratet, hatte ich gehört, und es ginge ihr gut. Warum sollte sie an mich denken? Es gab keinen Grund. Vielleicht wäre es einfach schön, wenn irgendjemand an mich denken würde, während ich im Wald umherlief. Das ist wohl ein Kinderwunsch. Aber ich bin ja kein Kind mehr, sage ich mir und hole nochmals zu mehreren, richtig großen Schritten aus.

Vielleicht hätte ich Adele gern noch einmal gesehen. So wie Onkel Maximilian mich noch einmal sehen wollte. Aber würde Adele dies wirklich wollen? Warum sollte sie den Mann mit der Mauer noch einmal sehen wollen? Es war doch schwierig genug für sie. Sie hatte ein Recht, gut zu leben. Und was sollte ich ihr sagen, wenn wir uns gegenüberstünden?

„Sehr verändert hast du dich wirklich nicht, Adele",
würde ich vielleicht sagen.

„Ach, das ist ja ein nettes Kompliment", wäre vielleicht
Adeles Antwort.

„Ich meine es so, ehrlich", würde ich dann sagen.

„Na gut, dann nehme ich es auch so an", würde Adele
vielleicht antworten.

Es wäre schön, wenn Adele dann sagen würde, „Albrecht,
du hast auch eine liebenswürdige Seite."

Mir fällt eine Rose ein, die an einer großen Mauer steht.

Aber es ist alles zu spät.

XVIII

Nun spüre ich meine Beine deutlich. Es ist auch nicht verwunderlich. Hungrig bin ich auch geworden. Aber ich esse nur eine Scheibe Brot. Denn es kann spät werden, bevor ich irgendwo unterkomme, und mit knurrendem Magen in der Dunkelheit umherzulaufen, ist nicht so angenehm. In welchem Ort ich übernachten werde, damit möchte ich mich jetzt nicht beschäftigen. Ich werde es nach der Anhöhe entscheiden.

Im schrägen Licht des Nachmittags sind die Schatten länger und schwächer geworden. Schon den ganzen Tag umgibt mich die Stille der Landschaft, nur hin und wieder von dem einen oder anderen Geräusch unterbrochen. Jetzt höre ich auch mein Kauen an dem Brot. Es ist jedoch nicht so laut, dass jemand Anstoß daran nehmen könnte. Aber es ist ohnehin niemand außer mir da.

Ich falte das Brotpapier zusammen. Vielleicht kann ich es morgen oder übermorgen wieder verwenden. Denn morgen möchte ich weitergehen, worüber ich mir jetzt aber noch nicht den Kopf zerbrechen möchte.

Eine riesige Wolke hat sich am Himmel ins Blickfeld geschoben. Sie erinnert mich an einen großen Dampfer, der über das Meer fährt. Wäre es jetzt nicht ungemein reizvoll, in die Wolke einzusteigen und mitgenommen zu werden? Aber meine Beine werden mich wohl noch eine Weile weitertragen. Ich sollte nicht undankbar sein.

Die Anhöhe kann nicht mehr allzu weit entfernt sein. Sie müsste zu erreichen sein, bevor die Dunkelheit anbricht. Dann würde ich noch den Sonnenuntergang sehen können.

Es wäre ein schöner Abschluss.

XIX

Tatsächlich erreichte ich die Anhöhe noch rechtzeitig. Die Sonne leuchtete orangefarben, als sie über den Hügeln stand. Nachdem ich eine Weile auf der Anhöhe gesessen und als sich der Himmel im Osten schon ins Grau verfärbt hatte, verwandelte sich die Sonne in eine tiefrote Scheibe, ein ergreifender Anblick.

Ich könnte dieses überwältigende Rot gar nicht beschreiben. Vielleicht so rot wie eine Blutorange. Aber das klingt beinahe sentimental. Früher, ich erinnere mich noch genau, habe ich manchmal gedacht, ob die Sonne wiederkommt, nachdem sie am Horizont langsam untergegangen ist? Denn es sieht wirklich so aus, als ob sie untergeht und dann nie wiederkommt.

„Aber natürlich kommt die Sonne wieder", hat man mich beruhigt. „Sie kommt ganz gewiss wieder. Darauf kannst du dich verlassen." Gewiss geht die Sonne nicht unter und kommt am nächsten Tag wieder. Aber vielleicht sehe ich sie nicht mehr, wenn ich untergegangen bin. Dann würde die Sonne doch untergehen; ja, meine Sonne würde dann untergegangen sein.

Vielleicht habe ich hin und wieder auch gedacht, dass Adele nicht wirklich weggeht und wiederkommt. Aber dann ist sie doch gegangen und nicht wiedergekommen.

Als ich mich umdrehe, sehe ich schon den Mond. Wie eine Sichel aus feinem Porzellan steht er am sich verdunkelnden

Himmel. So gläsern und zart, als würde er in tausend Scherben zerbrechen, fiele er zu Boden.

Jetzt wird es kühl. Ich sollte bald aufbrechen, um in das nächste Dorf zu kommen. Denn sonst finde ich mich in der Dunkelheit nicht mehr zurecht. Die Venus am Abendhimmel wird nicht hell genug sein und es wird zu feucht sein, wenn ich im Wald übernachte. Ich bin zudem nicht mehr der Jüngste.

Es war ein besonders schöner Tag. Ich sollte in Zukunft öfter losziehen wie heute.

Vielleicht werde ich dann noch mehr goldene Träume träumen.

XX

Ich bin erstaunt über mich, dass ich noch heute abend so viel zu Papier gebracht habe. Es überrascht mich selbst.

So werde ich in den Jahren, die noch vor mir liegen werden, immer wieder in meinen Aufzeichnungen des ersten Wandertags blättern und mich an der Erinnerung freuen können.

Dieser erste Wandertag mit all dem, was ich auf dem Weg auf die Anhöhe erlebt habe, wird nun für immer bewahrt sein.

EPILOG

Der Erzähler des vorliegenden Berichts, ein Herr Albrecht R, kam, so lautete das Ermittlungsprotokoll der Polizei, auf einer Wanderung ums Leben. Die Leiche war von einem Waldarbeiter entdeckt worden. Herrn Albrecht R's Bericht fiel durch Zufall in die Hände eines literarisch versierten Fachmanns, der dafür Sorge trug, dass der Bericht nicht vernichtet wurde.

Zur Feststellung der Todesursache und um eine gewaltsame Todesursache auszuschließen, wurde seitens der Staatsanwaltschaft eine Obduktion angeordnet. Ihr Ergebnis ließ keinen Zweifel daran, dass Herr Albrecht R an den

Folgen einer natürlichen, wenn auch plötzlichen Ursache ums Leben gekommen war.

In Abweichung von den üblichen protokollarischen Gepflogenheiten schloss der Gerichtspathologe seinen Bericht mit dem Hinweis, dass ihm ein seltsam verklärtes Lächeln des Verstorbenen aufgefallen sei.

Die Suche nach Familienangehörigen blieb erfolglos. Auch enge Bekannte ließen sich nicht ausfindig machen. Nachforschungen an seiner Arbeitsstätte ergaben, dass Albrecht R stets zuverlässig gearbeitet hatte, ohne jedoch Einblick in seine Privatsphäre zu gewähren.

Das Begräbnis, zu dem eine kleine Zahl von Arbeitskolleginnen und -kollegen kam, fand in kleinem Rahmen statt. Der Abteilungsleiter hatte einen Kranz niederlegen lassen. Bald nach der Beerdigung löste sich die Trauerge-meinde vor den Toren des Friedhofs auf.

Aber dann wandte sich eine Frau nochmals dem Eingang des Friedhofs zu. Sie ging zu dem frisch eingeebneten Grab zurück und blieb dort einige Zeit reglos stehen. Dann legte sie einen Strauß roter Rosen nieder und blieb eine Weile am Grab stehen, bevor auch sie die Grabstätte verließ.

Jenseits des Friedhoftors verlor sich die Spur dieser Frau alsbald in einer Allee, deren hohe, stolze Bäume im Licht des Nachmittags lange Schatten warfen.

DANK

Mein großer Dank gilt zwei Menschen, die dem Manuskript dieses Buchs die gleiche Zuwendung und Fürsorge zukommen ließen wie Gärtner sie gegenüber Rosen an den Tag legen, um der Rohfassung des Manuskripts das Heranwachsen zu dem vorliegenden Buch zu ermöglichen.

Susanne Kraft danke ich für die wache Aufmerksamkeit, das feine Gefühl für Sprache und die wertvollen Anregungen, die sie dem Text zukommen ließ, und Uwe Kohlhammer für die ungewöhnliche Kompetenz und das künstlerische Flair des Buchgestalters, einen Stoß Manuskriptpapier in das Format des vorliegenden Buchs *Die Krönung der Anhöhe* zu verwandeln.

BÜCHER VON HILDEGUND HEINL
UND PETER HEINL

IM THINKAEON VERLAG

Neu erschienen als Buch und als EBook

**UND WIEDER
BLÜHEN DIE ROSEN**

Mein Leben nach dem Schlaganfall

Erstmals erschienen bei Kösel, München, 2001

Heinl, H.: Thinkaeon, London, 2015
(Neuauflage)

Erhältlich über www.Amazon.de

Peter Heinl

>Maikäfer flieg,
dein Vater ist
im Krieg ...<

Seelische Wunden aus der Kriegskindheit

**„MAIKÄFER FLIEG,
DEIN VATER IST IM KRIEG ..."**

Seelische Wunden aus der Kriegskindheit

Heinl, P.: Kösel, München, 1994, (8. Auflage)

»MAIKÄFER FLIEG,
DEIN VATER
IST IM KRIEG«

SEELISCHE WUNDEN AUS DER KRIEGSKINDHEIT

THINKAEON

Neu erschienen als Buch und als EBook

**„MAIKÄFER FLIEG, DEIN VATER
IST IM KRIEG ..."**

Seelische Wunden aus der Kriegskindheit

Erstmals erschienen bei Kösel, München, 1994

Heinl, P.: Thinkaeon, London, 2015

(Neuauflage)

Erhältlich über www.Amazon.de

KÖRPERSCHMERZ-SEELENSCHMERZ

Die Psychosomatik des Bewegungssystems
Ein Leitfaden

Heinl, H. und Heinl. P.: Kösel, München 2004
(6. Auflage)

Neu erschienen als Buch und als EBook

KÖRPERSCHMERZ-SEELENSCHMERZ

Die Psychosomatik des Bewegungssystems
Ein Leitfaden

Erstmals erschienen bei Kösel, München, 2004

Heinl, H. und Heinl. P.: Thinkaeon, London, 2015
(Neuauflage)

Erhältlich über www.Amazon.de

Neu erschienen als Buch und als EBook

LICHT IN DEN OZEAN DES UNBEWUSSTEN

Vom intuitiven Denken zur Intuitiven Diagnostik
Ein Leitfaden in den Denkraum

Heinl, P.: Thinkaeon, London, 2014

Erhältlich über www.Amazon.de

Soon available

LIGHT INTO THE OCEAN OF THE UNCONSCIOUS

From Intuitive Thinking to Intuitive Diagnostics
A Path into the Realm of Thinking

Heinl, P.: Thinkaeon, London, 2019

Soon available via Amazon

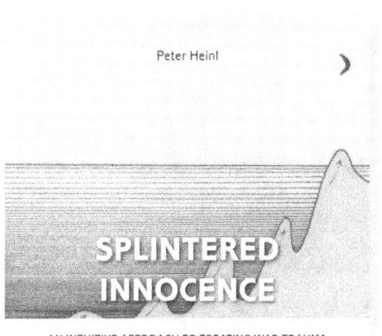

Neu erschienen als Buch und als EBook

SPLINTERED INNOCENCE

An Intuitive Approach to Treating War Trauma

Erstmals erschienen bei Routledge, London-New York, 2001

Heinl, P.: Thinkaeon, London, 2015

(Neuauflage)

Erhältlich über www.Amazon.de

Neu erschienen als Buch und als EBook

SCHLAFLOSER MOND

Im Labyrinth des Chronischen Erschöpfungssyndroms

Heinl, P.: Thinkaeon, London, 2016

Erhältlich über www.Amazon.de

Neu erschienen als Buch und als EBook

LAVATANZ

Worte im schwebenden Raum

Heinl, P.: Thinkaeon, London, 2016

Erhältlich über www.Amazon.de

Neu erschienen als Buch und als EBook

ESTHER K.
GENANNT EMMA

Eine Märchenfantasie

Heinl, P.: Thinkaeon, London, 2016

Erhältlich über www.Amazon.de

Neu erschienen als Buch und als EBook

LICHTSCHNEE

im Wortraum

Heinl, P.: Thinkaeon, London, 2016

Erhältlich über www.Amazon.de

Neu erschienen als Buch und als EBook

DIE TAGE AM WORTSEE

Roman

Heinl, P.: Thinkaeon, London, 2016

Erhältlich über www.Amazon.de

Neu erschienen als Buch und als EBook

VERSECIRCUS

Heinl, P.: Thinkaeon, London, 2016

Erhältlich über www.Amazon.de

Neu erschienen als Buch und als EBook

WEISSES MARIONETTENPFERDCHEN

Theaterspiel

Heinl, P.: Thinkaeon, London, 2017

Erhältlich über www.Amazon.de

Neu erschienen als Buch und als EBook

IM KÄFIG

Theaterstück

Heinl, P.: Thinkaeon, London, 2017

Erhältlich über www.Amazon.de

Neu erschienen als Buch und als EBook

TRAUMBAUM

Gedichte

Heinl, P.: Thinkaeon, London, 2017

Erhältlich über www.Amazon.de

Neu erschienen als Buch und als EBook

DAS ORAKEL DER BRÜCKE

Erzählung

Heinl, P.: Thinkaeon, London, 2017

Erhältlich über www.Amazon.de

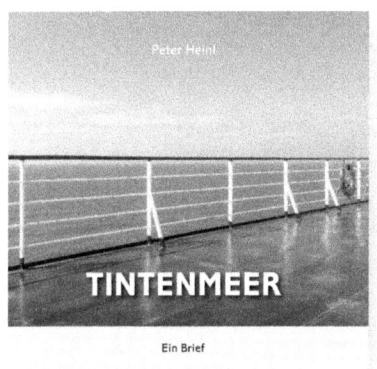

Neu erschienen als Buch und als EBook

TINTENMEER

Ein Brief

Heinl, P.: Thinkaeon, London, 2018

Erhältlich über www.Amazon.de

Neu erschienen als Buch und als EBook

DIE KRÖNUNG DER ANHÖHE

Erzählung

Heinl, P.: Thinkaeon, London, 2018

Erhältlich über www.Amazon.de

Neu erschienen als Buch und als EBook

DIE SÄNFTE DES ZUFALLS

Erzählung

Heinl, P.: Thinkaeon, London, 2018

Erhältlich über www.Amazon.de

www.ingramcontent.com/pod-product-compliance
Lightning Source LLC
Chambersburg PA
CBHW050350030726
47503CB00008B/2704